PASO 1

LISTOS PARA LEER

LEYENDO A

EN ESPAÑOL

W9-DIJ-494

El hada de los dientes

Candice Ransom

ilustrado por Monique Dong

traducción de Polo Orozco

Random House New York

¡Aprende a leer, paso a paso!

Listos para leer **Preescolar–Kínder**
• letra grande y palabras fáciles • rima y ritmo • pistas visuales
Para niños que conocen el abecedario y quieren comenzar a leer.

Leyendo con ayuda **Preescolar–Primer grado**
• vocabulario básico • oraciones cortas • historias simples
Para niños que identifican algunas palabras visualmente
y logran leer palabras nuevas con un poco de ayuda.

Leyendo solos **Primer grado–Tercer grado**
• personajes carismáticos • tramas sencillas • temas populares
Para niños que están listos para leer solos.

Leyendo párrafos **Segundo grado–Tercer grado**
• vocabulario más complejo • párrafos cortos • historias emocionantes
Para nuevos lectores independientes que leen oraciones simples
con seguridad.

Listos para capítulos **Segundo grado–Cuarto grado**
• capítulos • párrafos más largos • ilustraciones a color
Para niños que quieren comenzar a leer novelas cortas, pero aún
disfrutan de imágenes coloridas.

STEP INTO READING® está diseñado para darle a todo niño una
experiencia de lectura exitosa. Los grados escolares son únicamente guías.
Cada niño avanzará a su propio ritmo, desarrollando confianza en sus
habilidades de lector.

Recuerda, una vida de la mano de la lectura comienza con tan sólo un paso.

A la Dra. Huddle, mi propia
hada de los dientes
—C.R.

A mi esposo y Jeanette.
¡Gracias por creer en mi!
—M.D.

Visit us on the Web!
StepIntoReading.com
rhcbooks.com

Educators and librarians, for a variety of teaching tools, visit us at RHTeachersLibrarians.com

Library of Congress Cataloging-in-Publication Data
Names: Ransom, Candice F., author. | Dong, Monique, illustrator.
Title: Tooth fairy's night / by Candice Ransom; illustrated by Monique Dong.
Description: New York: Random House, [2017] | Series: Step into reading. Step 1
Summary: The tooth fairy performs her duties over the course of a night.
Identifiers: LCCN 2015042904 | ISBN 978-0-399-55364-6 (trade) | ISBN 978-0-399-55365-3 (lib. bdg.) | ISBN 978-0-399-55366-0 (ebook)
Subjects: | CYAC: Stories in rhyme. | Tooth Fairy—Fiction. | Teeth—Fiction.
Classification: LCC PZ8.3.R1467 To 2017 | DDC [E]—dc23

ISBN 978-0-593-17774-7 (Spanish edition trade pbk.) | ISBN 978-0-593-30557-7 (Spanish edition library binding) | ISBN 978-0-593-17775-4 (Spanish edition ebook)

Printed in the United States of America

10 9 8 7 6 5 4 3 2 1

First Spanish Edition

El día se acaba.
La luna se asoma.

¡Despierta,
hada de los dientes!
Es hora de salir.

Dinero,
direcciones,
lonchera.

Comida a la mascota,

¡y para afuera!

Primera parada,

esta casa.

¡Baja!

Abre la ventana.

¡Shhh!

Callada.

Bajo la almohada,

¿dos dientes?

¡Son tres!

Deja las monedas,
¡y escápate!

Siguiente parada,

¡uy!

Un perrito.

Polvitos para el sueño, ¡y a dormir!

Perdió su primer diente.
¡Hurra!

Para el niño,
un baile alegre.

Cielo oscuro,
estrellas brillantes.
¡A tomar la merienda!

Sirve el té
y corta el pastel.

Ojos verdes

bajo la cobija.

¡El gato salta!

El hada escapa.

Osos y conejos,
toda una jungla.

Tantos juguetes
no dejan pasar.

Muchos dientes.

¡Tienen que entrar!

La bolsa llena
sí que pesa.

Tras los árboles
se asoma el sol.

¡Es hora
de volar a casa!

Cepilla y enjuaga.

Apaga la lámpara.

Fuera pantuflas.

¡Dulces sueños, hada!